RÉFLEXIONS

SUR

LE MISANTHROPE

PAR M. ROUX

Professeur de Littérature française à la Faculté des Lettres,
Vice-Président de l'Académie impériale des Sciences, Belles-Lettres et Arts
de Bordeaux.

(Extrait des Actes de l'Académie impériale des Sciences, Belles-Lettres et Arts
de Bordeaux. — 3ᵉ fascicule 1866.)

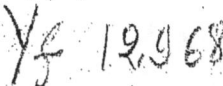
BORDEAUX

IMPRIMERIE G. GOUNOUILHOU,
RUE GUIRAUDE, 11.

1867

RÉFLEXIONS

SUR

LE MISANTHROPE

PAR M. ROUX

Professeur de Littérature française à la Faculté des Lettres,
Vice-Président de l'Académie impériale des Sciences, Belles-Lettres et Arts
de Bordeaux.

(Extrait des Actes de l'Académie impériale des Sciences, Belles-Lettres et Arts
de Bordeaux. — 3ᵉ fascicule 1866.)

BORDEAUX

G. GOUNOUILHOU, IMPRIMEUR DE L'ACADÉMIE
11, RUE GUIRAUDE, 11

—

1866

1867

Yf12968

RÉFLEXIONS

LE MISANTHROPE

Au moment où Corneille fondait la grande tragédie et nous rendait le sublime et les Romains, où Bossuet étendait la sphère de l'éloquence et agrandissait la parole française, Molière s'emparait en roi des régions de la haute comédie. Peintre fidèle de la société de son temps, il était aussi l'homme du monde entier, l'organe de toute la nature humaine. Il représentait à la fois les mœurs locales et la vie qui est partout; il traçait les nuances fugitives et le trait éternel.

Oui, Molière est le plus profond observateur et le plus grand peintre du genre humain. Philosophe et poète, il a ce coup d'œil sûr et prompt qui saisit au vif la nature, auquel n'échappe aucun ridicule, et une force d'imagination capable de réunir sous un seul point de vue les traits que sa pénétration n'a pu saisir qu'en détail. Nul n'a plus imité, nul n'a mieux gouverné ni dominé ses imitations; nul n'a mêlé à ses imitations un fonds plus riche d'observations originales, ni plus effacé ses emprunts sous la fécondité du génie; nul n'a poussé plus loin l'invention dramatique; nul n'a réalisé un plus grand nombre de caractères vrais et parfaits, de types immortels.

Tous les génies observateurs et caustiques semblent vassaux et tributaires du sien. Dans cette grande revue qu'il fait de la nature humaine, il recueille, il enregistre tous les témoignages, c'est-à-dire tous les sarcasmes des temps passés ; et, à travers cette richesse et cet embarras de souvenirs, il est libre, il est original, il est créateur, et toutes ses grandes beautés sont à lui. Grands comiques, malicieux conteurs, philosophes satiriques, de tous les temps et de tous les pays, Aristophane et Ménandre, Plaute et Térence, Boccace et Rabelais, les auteurs de la *Ménippée* et Regnier, tout revit en lui, tout s'y transforme, s'y multiplie, s'y centuple dans une toute-puissante unité. C'est toute une famille d'esprits, c'est tout le passé comique résumé dans un type original et supérieur. S'il excite le rire le plus vif et le plus contagieux par sa franche et naïve gaieté, il épure et sanctifie le rire par la grandeur et la profondeur des leçons ; s'il pique et amuse la curiosité par la finesse et la vivacité de l'intrigue, il instruit, il émeut, il étonne par le développement des caractères, par les lumières qu'il jette sur les mystères de l'âme humaine, par la sensibilité délicate, par la puissance de pathétique qu'il unit à son intarissable verve. C'est là un de ces noms qui survivent aux civilisations et aux empires ; c'est là un de ces génies dont les productions occupent pour jamais une des premières places dans la bibliothèque du genre humain.

Tout grand poète dramatique a son chef-d'œuvre entre ses chefs-d'œuvre mêmes : Sophocle, l'*Œdipe-Roi ;* Corneille, *Cinna ;* Racine, *Athalie.* L'admiration des siècles salue surtout dans Molière l'auteur *du Misanthrope ;* c'est principalement sous ce nom qu'il a un trône sur la scène française, sur le théâtre moderne.

Apprécions, dans quelques unes de ses beautés les plus vives et les plus neuves, l'ouvrage que l'Europe regarde avec raison comme le chef-d'œuvre du haut comique, comme un des plus grands monuments qui aient été élevés à la gloire de l'esprit humain. Jamais, en effet, il n'y eut, sur la scène de la comédie, d'œuvre d'un sens plus délicat et plus profond, plus docte et plus grave. A côté du caractère principal dont la conception est la merveille et la plus puissante création du génie, les caractères secondaires ont une force, une vérité, une finesse, que jamais auteur comique n'avait connue avant Molière, et dont il semble qu'on ait perdu le secret : et le style est d'une beauté égale à celle des pensées; il est aussi net, aussi pur et plus nerveux que celui des satires de Boileau; Molière n'a rien écrit de plus fort. Jamais l'alexandrin dramatique n'a été manié avec plus de puissance ni de souplesse; rien de beau comme cette pensée virile qui a reçu la trempe du vers.

La Harpe a dit avec beaucoup de sens et de raison ([1]) : « Autant Molière avait été jusque-là au-dessus de tous ses » rivaux, autant il fut au-dessus de lui-même dans *le Misan-* » *thrope*. Emprunter à la morale une des plus grandes leçons » qu'elle puisse donner aux hommes, leur démontrer cette » vérité qu'avaient méconnue les plus fameux philosophes » anciens, que la sagesse même et la vertu ont besoin d'une » mesure, sans laquelle elles deviennent inutiles, ou même » nuisibles, rendre cette leçon comique sans compromettre » le respect dû à l'homme honnête et vertueux, c'était là » sans doute le triomphe d'un poète philosophe, et la comé- » die ancienne et moderne n'offrait aucun exemple d'une si » haute conception. »

En effet, *le Misanthrope* semble le développement et la démonstration sur la scène de cette ligne de Tacite : « *Reti-* » *nuitque, quod est difficillimum, ex sapientiâ modum :* il » sut, ce qui est si difficile, garder, dans la sagesse même,

([1]) *Lycée*, ou cours de littérature ancienne et moderne, t. VI.

» tact et mesure. » Molière montre à la fois que la vertu la plus parfaite perd un peu de l'autorité de ses exemples et de la vénération qu'elle doit inspirer, si elle ne sait se rendre aimable et s'interdire les bizarreries et les boutades, et que néanmoins la vertu, malgré les ridicules auxquels une austérité intraitable l'expose, maintient sa supériorité et fait reconnaître ses droits à l'admiration de tous.

La vertu elle-même doit se garder des extrêmes; la sincérité, la franchise peuvent et doivent se passer d'âpreté et de fiel, et ne jamais dégénérer en rudesse sauvage. Pour corriger les hommes, il faut savoir les supporter tels qu'ils sont; il faut les convaincre qu'on les aime, et qu'on ne déteste que leurs erreurs et que leurs vices; il faut les ramener patiemment au bien et à la vérité, diriger doucement leurs passions vers un but noble et utile. La vertu la plus sévère, la raison la plus inflexible dans ses principes, n'excluent pas une douce indulgence, et la tolérance sociale leur fait seule des prosélytes. L'humeur noire, les formes rudes et repoussantes, les emportements, l'oubli de tous les ménagements, conventions nécessaires de la société, sont des travers réels, de vrais défauts, qui, chez un homme d'ailleurs droit et irréprochable, pourraient avoir le danger de ridiculiser le bien lui-même et de détruire l'effet des meilleurs exemples. La charité, en un mot, donne à la vertu et à la science leur dernière perfection et une irrésistible influence. Mais l'amour désintéressé du bien, la *haine vigoureuse* du vice, sont toujours dignes des hommages de la terre, et brillent toujours d'une céleste auréole, lors même qu'ils se traduisent par un zèle âpre et sauvage, par une humeur bilieuse et irascible qui prête un peu au ridicule.

Voilà ce que prouve admirablement Molière, en nous faisant rire des singularités de son Misanthrope, et en nous inspirant en même temps, pour lui, une sympathique et

respectueuse estime. La sublimité de la vertu l'emporte sur
les bizarreries du caractère, et, par une glorieuse exception,
on se passionne, on s'enthousiasme pour celui-là même dont
on s'amuse. Jamais le génie de la comédie n'était allé si loin.
Si Molière immole parfois à la gaieté du parterre la brusquerie
et les manies de cet homme de bien, de ce type vivant de la
probité et de la franchise, comme il l'élève à une hauteur
encore inconnue, quand il livre à son éloquente censure les
sottises et les méchancetés de la ville et de la cour! Que le
Misanthrope est vrai, qu'il est fort, qu'il est sublime, quand
il accable de ses foudroyantes invectives ou de sa magnifique
ironie, ces défauts ou ces vices du grand monde, cachés sous
un vernis de bon ton et sous de brillantes manières! Et avec
quelle hardiesse le poète n'a-t-il pas, pour ainsi dire, élargi
la scène, en y transportant la haute société tout entière, pour
mettre seul en face de tant de personnages un censeur qui
tonne avec véhémence contre leur frivolité et leurs intrigues,
qui les confond et les atterre par l'énergie de son langage et
l'indignation de sa vertu! Jamais, je le répète, la comédie
n'avait eu tant de force, d'étendue, de profondeur Jamais la
puissante originalité de Molière ne s'était plus complètement
révélée.

Il était même monté si haut que son public eut peine à le
suivre et ne put d'abord l'atteindre. Tant de beautés ingé-
nieuses, exquises, et si goûtées des esprits délicats, ne pouvaient guère être vives et intéressantes que pour eux. Eux
seuls pouvaient se complaire aux grâces sévères de cette
composition, à ces conversations inimitables, à ces peintures
d'une touche si fine, à ce développement régulier et complet
des caractères qui forme l'action et tient lieu d'intrigue.

La pièce dut paraître un peu froide à des spectateurs
accoutumés aux historiettes dialoguées, à un tissu d'imbro-
glios et de singulières aventures, à un comique de surprises,

de quiproquos, d'incidents multipliés, et pour qui Molière
lui-même avait égayé jusqu'ici ses comédies les plus sérieuses
et les plus profondes, par la vivacité de l'intrigue et par la
joyeuse singularité des mystifications et des méprises. Molière se contente ici de l'intrigue la plus simple, pour ne
laisser paraître que les caractères, leur jeu, leur contraste;
et, loin de charger sa pièce d'incidents, n'emploie les situa-
tions qu'à mettre en évidence les travers et les faiblesses,
dont il fait l'objet d'un comique à la fois plaisant et noble,
divertissant et salutaire. On crut d'abord qu'il était resté au-
dessous de ses chefs-d'œuvre antérieurs. On ne s'aperçut pas
qu'il s'était élevé au-dessus de son art et de lui-même, qu'il
avait atteint au plus haut degré du génie comique. On repro-
cha *au Misanthrope* d'avoir peu d'action, d'être dénué d'intérêt, et l'on ne vit pas que c'est peut-être la plus animée de
toutes les pièces pour les esprits capables de sentir la force
des idées, la profondeur de la morale, la vérité des caractères, le naturel et le feu du dialogue, la vigueur du style,
la fierté du coloris, en un mot, toutes ces beautés sérieuses
et mâles, qui étonnent et ravissent les connaisseurs. « C'était
» un ouvrage, dit Voltaire, plus fait pour les gens d'esprit
» que pour la multitude. Il en est des comédies comme des
» jeux; il y en a que tout le monde joue; il y en a qui ne
» sont faits que pour les esprits plus fins et plus appliqués. »

Le Misanthrope n'excita donc pas, dans sa nouveauté, la
chaleur d'admiration et d'applaudissements qu'il méritait. Il
est faux toutefois que, dès la troisième représentation, le
théâtre soit resté désert, et que Molière se soit vu réduit à
soutenir son chef-d'œuvre de la farce si réjouissante *du Médecin malgré lui.*

« Le registre de la comédie fait foi, dit M. Taschereau ([1]),

---

([1]) *Histoire de Moliere*, l. II, p. 167.

» que, représenté vingt et une fois de suite, nombre de repré-
» sentations rare et glorieux alors, *le Misanthrope* seul, sans
» petite pièce qui l'accompagnât, et malgré les chaleurs de
» l'été, procura au théâtre dix-sept recettes très productives,
» et quatre autres de bien peu moins satisfaisantes. » *Le
Médecin malgré lui* n'eut donc pas l'honneur de soutenir *le
Misanthrope.* « Ce ne fut qu'à la douzième représentation de
» cette farce, dit encore M. Taschereau, qu'on la donna avec
» le chef-d'œuvre, et cela, cinq fois seulement. » Mais ce qui
est certain aussi, et fort singulier, c'est que « *le Médecin
» malgré lui,* grâce à l'heureuse folie de son dialogue, plus
» faite pour plaire à la multitude que les traits mâles *du
» Misanthrope,* obtint encore plus de succès que lui, et eut
» une plus longue suite de représentations. »

On a fait *au Misanthrope* un reproche plus grave, mais
heureusement aussi peu fondé que celui de n'avoir ni action,
ni intérêt. On a accusé Molière d'avoir voulu ridiculiser la
vertu; et ce reproche, articulé pour la première fois par
Fénelon, dans sa *Lettre à l'Académie,* a été depuis éloquem-
ment développé par J.-J. Rousseau, dans la lettre où il com-
bat les idées de D'Alembert sur le projet d'établir un théâtre
de comédie à Genève. La Harpe réfute cette accusation avec
assez de détails et de force pour montrer qu'il n'y a là qu'un
paradoxe protégé par deux grands noms.

Non, ce n'est pas, comme le dit Rousseau, le ridicule de
la vertu que Molière a voulu jouer. Ce sont les ridicules d'un
homme admirable d'ailleurs par de grandes vertus; ce sont
les travers par lesquels il paie encore son tribut à la faiblesse
humaine, et dont il lui reste à se corriger pour être parfait.
Ce que Molière ridiculise dans le Misanthrope qu'il fait
admirer d'ailleurs, c'est cette âpreté insociable, cette violence
atrabilaire qu'il porte dans son zèle pour le bien, ce sont ces
airs bourrus qu'il mêle à sa franchise, c'est cette égale cha-

leur d'indignation dont il poursuit une peccadille et un crime, une légère erreur et un impudent sophisme, de petits défauts et de grands vices. Ce que Molière ridiculise en lui, ce sont les manies et les tics qui paralysent ses bons exemples, et font que ceux qu'il censure ont un prétexte de le regarder, moins comme un modèle que comme une singularité. Le but de Molière est de dégager l'or de l'alliage, de sauver le bien des travers qui le compromettent. Dire que Molière a joué, dans *le Misanthrope,* le ridicule de la vertu, c'est dire que, dans *le Bourru bienfaisant,* Goldoni a joué le ridicule de la bienfaisance. L'un est aussi exact que l'autre.

Ou plutôt, disons-le avec Rousseau, mais dans un autre sens que lui, et pour glorifier la généreuse intention et la sublime ironie du poète : Oui, Molière a voulu jouer la vertu, c'est-à-dire montrer que la franchise et la loyauté sont étranges, déplacées, divertissantes par l'excentricité même du contraste, parmi les faussetés et les méchancetés du bel air et du beau monde ; que la droiture y passe pour simplicité ; que, dans le triomphe de l'intérêt, de la cabale et de la ruse, la probité rigide du cœur et de l'esprit peut être un ridicule, donner la comédie et presque faire scandale. J'accepte de grand cœur cette manière de ridiculiser la vertu ; car je ne sais pas quel plus bel éloge on pourrait en faire.

Rousseau, tout en accusant le poète de faire tomber sur la vertu même un ridicule qui n'en atteint, à vrai dire, que le ton hautain, les éclats de voix et les tempêtes, se réfute lui-même quand il dit : « Quoique Alceste ait des défauts réels » dont on n'a pas tort de rire, on sent pourtant au fond du » cœur un respect pour lui dont on ne peut se défendre. » C'est là, en effet, qu'est toute la force du talent de Molière : c'est que, si le Misanthrope a quelques emportements risibles, il est sublime, il force l'admiration et par le fonds de son caractère, et par les grandes occasions que le poète lui fournit de déployer à propos sa sincérité et sa droiture, de montrer sa vertu dans toute sa pureté, dans sa simplicité forte et majestueuse. Quand Alceste aime mieux perdre son procès que d'intriguer auprès des juges; quand, indigné du *train* que *prend la conversation sur le prochain,* et de la cruelle insouciance avec laquelle Célimène et sa société frondent les ridicules d'amis absents, de gens auxquels ils prodiguent tous les jours les louanges et les adulations, il les tance avec une noble sévérité et d'éloquents sarcasmes; quand il rejette les éloges intéressés de la prude Arsinoé, et, refusant de s'indigner avec elle contre la Cour, qui ne fait rien pour lui, s'écrie :

> Moi, madame? Et sur quoi pourrais-je en rien prétendre?
> Quel service à l'État est-ce qu'on m'a vu rendre?
> Qu'ai-je fait, s'il vous plaît, de si brillant en soi,
> Pour me plaindre à la Cour qu'on ne fait rien pour moi?

alors qui serait tenté de rire? Qui ne se passionne, au contraire, pour un si beau et si grand caractère? Qui ne subit l'empire d'une vertu si pure et si désintéressée? Molière résume très bien le genre d'impression que produit sur nous ce singulier et imposant personnage, dans les paroles qu'il prête à Eliante, la femme sincère, la femme parfaite de cette pièce, et qui professe pour Alceste une estime qui deviendrait facilement de l'amour :

> Dans ses façons d'agir il est fort singulier ;
> Mais j'en fais, je l'avoue, un cas particulier,
> Et la sincérité dont son âme se pique
> A quelque chose en soi de noble et d'héroïque :
> C'est une vertu rare au siècle d'aujourd'hui,
> Et je la voudrais voir partout comme chez lui.

Au reste, le parterre, sans apprécier suffisamment tout le mérite de la pièce, ne se trompa point sur l'intention du

poète : le Misanthrope excita plus encore son admiration
que son hilarité, et l'on s'accorda généralement à reconnaître,
dans Alceste, le portrait du duc de Montausier, célèbre par la
rigidité inflexible et un peu sauvage de ses principes, et par
l'austère et inexorable franchise de son langage. Il est vrai
qu'à lire l'éloge que fait de lui Fléchier dans son oraison
funèbre, on retrouve en lui plusieurs des traits dominants
d'Alceste :

« On lui dit mille fois que la franchise n'était pas une
» vertu de la Cour; que la vérité n'y faisait que des ennemis;
» qu'il fallait, pour y réussir, savoir, selon les temps, ou
» déguiser ses passions, ou flatter celles des autres; qu'il y
» avait un art innocent de séparer les pensées d'avec les pa-
» roles, et que la probité pouvait souffrir ces complaisances
» mutuelles, qui, étant devenues volontaires, ne blessent
» presque plus la bonne foi, et maintiennent la paix et la
» politesse du monde. Ces conseils lui parurent lâches.... Ce
» commerce continuel de mensonge ingénieux pour se trom-
» per, injurieux pour se nuire, officieux pour se corrompre;
» cette hypocrisie universelle, par laquelle chacun travaille à
» cacher de véritables défauts ou à produire de fausses ver-
» tus; ces airs mystérieux qu'on se donne pour couvrir son
» ambition, ou pour relever son crédit : tout cet esprit de
» dissimulation et d'imposture ne convint pas à sa vertu....
» Il fit connaître à ses amis qu'il n'achèterait jamais ni de
» faveur ni de fortune aux dépens de sa probité.... Il ne
» voulut apprendre d'autre langage que celui de l'Évangile,
» *oui, oui, non, non* : effectif dans ses résolutions, fidèle dans
» ses promesses, plus prêt à tenir sa parole qu'à la donner,
» tout vrai dans ses actions et dans sa conduite [1]. »

Le duc de Montausier alla voir la pièce, et dit en sortant

---

[1] Fléchier, *Oraison funèbre de M. de Montausier*, 1re partie.

« qu'il voudrait bien ressembler au Misanthrope de Molière,
» et que si Molière avait pensé à lui en faisant *le Misan-*
» *thrope,* qui était le caractère du plus parfaitement honnête
» homme qui pût être, il lui avait fait trop d'honneur, et un
» honneur qu'il n'oublierait jamais ([1]). »

Ce fait prouve que les spectateurs *du Misanthrope* furent
loin de voir dans la pièce un persiflage de la vertu ; qu'ils y
virent au contraire le plus glorieux hommage qu'elle eût
encore reçu sur la scène comique.

Au reste, dans les grandes comédies de Molière, il y a des
traits à l'infini, mais peu ou pas de portraits. Il dessine des
types et non des individus. Il peint son siècle ; il ne le calque
pas. Il réalise dans des types vivants les idées générales qu'il
a tirées de l'observation : il donne une âme et un corps à des
abstractions formées de l'étude des hommes et des choses ; il
prend çà et là les traits de ses personnages, mais ne fait le portrait de personne. Alceste, comme on l'a ingénieusement re-
marqué, n'est pas plus M. de Montausier, qu'il n'est Molière,
qu'il n'est Despréaux, dont il reproduit également quelques
traits. Il y a, dans Alceste, quelque chose de tout cela, et un peu
de ce que chacun a voulu y voir. Mais l'ensemble du personnage est une création et non une copie. Il n'y a que dans ses
comédies bouffonnes, dans ses farces, que Molière ridiculise
des individus reconnaissables, avec le feu satirique et les per-
sonnalités audacieuses d'Aristophane. Dans la haute comédie,
il crée des personnages, il met dans le monde des enfants de
sa pensée, des êtres éternels, qui ne ressemblent qu'acciden-
tellement aux individualités connues et locales, et répondent
à un type général de vérité, expriment les caractères dominants de la nature humaine.

On a reproché encore à Molière d'avoir fait son Alceste

([1]) Mémoires de Dangeau.

amoureux d'une Célimène. On a demandé pourquoi le Misanthrope fait le choix le moins assorti; pourquoi, malgré les sages réflexions de ses amis, il persiste à rechercher la main d'une jeune veuve médisante et coquette qui ne rassemble chez elle que des fats? Molière pourrait répondre que ces deux personnages, si différents l'un de l'autre, sont un instant rapprochés par une de ces étranges sympathies qui sont un des mystères du cœur humain, et qu'ici encore il a pris la nature sur le fait. Il ne lui coûte pas d'ailleurs d'avouer que l'amour d'Alceste est une faiblesse. Alceste lui-même en convient. Loin de se dissimuler les défauts de celle qu'il aime, il est le premier à les voir comme à les condamner. Il reconnaît qu'il ferait mieux d'épouser la sage Eliante, qui est digne de lui, qui sait l'apprécier, et qui ne dissimule pas qu'elle recevrait favorablement ses vœux. Mais si *la grâce* de Célimène *est la plus forte,* si Alceste cède à ce charme inexplicable qui le passionne pour elle, du moins il ne lui marchande pas la vérité; il la reprend vertement de ses méchancetés et de ses défauts; il fait sa cour par des réprimandes. Célimène s'étonne et s'impatente de cette *méthode nouvelle :*

> Car vous aimez les gens pour leur faire querelle;
> Ce n'est qu'en mots fâcheux qu'éclate votre zèle,
> Et l'on n'a vu jamais un amant si grondeur.

Il ne connaît pas encore Célimène tout entière; il la croit susceptible d'amélioration; il espère la moraliser, la rendre digne de lui, *purger son âme des vices du temps.* S'il n'y a rien de plus chimérique que cet espoir, de plus étonnant que son amour, s'il prouve par là que *dans le cœur du sage il est toujours de l'homme,* il n'y a non plus rien de plus grand, rien de plus noble que ses motifs. D'ailleurs, quand il vient à reconnaître qu'elle est incorrigible, il rompt courageusement avec elle, il sacrifie l'amour au devoir. Il est sublime dans la scène où, après avoir accablé de son pardon celle à qui tous ses rivaux viennent de laisser pour adieux de sanglants sarcasmes, il veut bien la mettre encore à une dernière épreuve, lui offre sa main, si elle consent à le suivre dans son désert, et, convaincu, par son refus de souscrire à cette condition, qu'elle ne peut trouver tout en lui, comme lui tout en elle,

De *ses* indignes fers pour jamais *se* dégage.

Ce singulier amour du Misanthrope ne fait donc que mettre mieux en lumière la grandeur de ses sentiments et la beauté de son âme. Il amène de ces scènes délicieuses où Molière parle avec tant de naturel et de vérité la langue de l'amour, où celui qui sait le mieux railler, se montre aussi celui qui sait comment on aime. Rien de plus divertissant, de plus comique, que ce contraste, chez Alceste, d'une humeur bourrue et d'un cœur sensible, et que les exclamations mêlées de tendresse et de colère, d'abandon et de méfiance, avec lesquelles il se résigne à croire aux explications de Célimène, et à *voir jusqu'au bout quel sera son cœur*,

Et *si* de *le* trahir *elle* aura la noirceur.
. . . .
Ah ! traîtresse, mon faible est étrange pour vous,
Vous me trompez encore avec des mots si doux ;
Mais il n'importe. . . . . . .

Rien de plus piquant que de le voir se débattre contre cet amour dont l'objet est si peu digne de lui, et qui le tient asservi malgré sa raison et ses résolutions.

Plusieurs critiques ont vu dans Philinte, le sage, le personnage honnête et sensé de la pièce, chargé de dire plus particulièrement la pensée du poète et le sens moral de la

comédie. Cela n'est vrai qu'à certains égards. Oui, quand il
blâme Alceste de donner à sa probité des dehors si farouches,
de pousser à l'extrême le besoin de dire tout ce qu'il pense,
de mettre une grande importance aux petites choses, de
soutenir avec autant de zèle une vérité indifférente qu'une
vérité capitale, et d'avoir des fureurs un peu puériles sur des
sujets dignes tout au plus de sa pitié, Philinte est l'homme
raisonnable, et Molière, en le prenant pour organe de la tolérance sociale, et de cette douce indulgence sans laquelle il
n'y a pas de rapports possibles entre les hommes, lui prête
ses propres maximes et plus d'un trait de son propre caractère. Oui, c'est Molière qui dit par la bouche de Philinte :

.... Je tombe d'accord de tout ce qui vous plaît ;
Tout marche par cabale et par pur intérêt ;
Ce n'est plus que la ruse aujourd'hui qui l'emporte,
Et les hommes devraient être faits d'autre sorte.
Mais est-ce une raison que leur peu d'équité,
Pour vouloir se tirer de leur société ?
Tous ces défauts humains nous donnent, dans la vie,
Des moyens d'exercer notre philosophie :
C'est le plus bel emploi que trouve la vertu ;
Et si de probité tout était revêtu,
Si tous les cœurs étaient francs, justes et dociles,
La plupart des vertus nous seraient inutiles,
Puisqu'on en met l'usage à pouvoir, sans ennui,
Supporter dans nos droits l'injustice d'autrui.

Mais, dans l'intention du poète et dans la conduite de la
pièce, Philinte n'a que momentanément l'avantage sur
Alceste ; il n'est sur le premier plan que là où Alceste tombe
dans l'excès de ses belles qualités, où il faut le rappeler à ce
tact, à cette mesure, à cette douceur dans la vertu, qui
l'embellissent, l'humanisent et la rendent aimable et salutaire. Hors de là, Philinte est sans doute un honnête homme,
un homme sage, tolérant, sociable, mais complètement

éclipsé par la vertu héroïque et sublime d'Alceste. C'est elle qui rayonne de tout son éclat et fascine tous les regards, dans les belles scènes, dans les grands mouvements d'éloquence que j'ai déjà indiqués. Oui, quand il faut foudroyer d'un magnifique anathème la fausse amitié et la trahison, la corruption et la vénalité, et toutes les grandes hontes de la société, c'est Alceste qui devient le puissant et chaleureux organe de la vérité et de la droiture; c'est dans sa bouche que Molière met ses plus nobles maximes; c'est lui qui parle avec force, avec autorité, et arrache des cris d'enthousiasme, après avoir provoqué de légers sourires; c'est en lui que se complaît le poète; c'est lui qui est le héros, et non seulement l'honnête homme, mais le grand homme de la pièce; et tout s'efface devant lui, et il se dresse au-dessus de tous ces personnages dont le poète l'a environné, de toute la hauteur de l'éloquence et de la vertu. Il est seul dans la sphère supérieure et presque inaccessible, d'où il domine et accable un frivole et moqueur entourage.

Rousseau s'est mépris aussi sur le caractère de Philinte : il ne voit en lui qu'un homme indifférent au bien et au mal, et ne songeant qu'à passer doucement sa vie sans trouble et sans noise. « Ce Philinte, dit-il, est le sage de la pièce, un » de ces honnêtes gens du grand monde dont les maximes » ressemblent beaucoup à celles des fripons. »

C'est qualifier avec une sévérité aussi outrée qu'injurieuse la raison indulgente de Philinte. Sa douceur et sa tolérance ne sont pas du scepticisme. S'il sacrifie peut-être un peu trop à l'amour de la paix, à cette politesse du monde, à cette complaisante hypocrisie de société, dont Alceste se courrouce avec une excessive véhémence, on ne voit pas qu'il lui sacrifie en rien les intérêts de la morale, et, loin d'être un froid égoïste, il s'occupe avec activité et chaleur des intérêts d'Alceste et du soin de prévenir pour lui les conséquences fâcheuses de son rigorisme et de ses boutades. Philinte est un honnête homme qui hait le vice, mais se croit obligé de supporter les vicieux, et ne veut pas se rendre la victime des abus et des travers qu'il ne pourrait corriger. Sans doute, la franchise impétueuse, héroïque, d'Alceste, part d'un plus noble principe, d'un amour plus désintéressé et plus ardent de la vérité et de la vertu. Alceste est bien plus grand que Philinte; Éliante, la sage et la sincère, estime Philinte et admire Alceste. Mais on peut rester à une assez grande distance de la hauteur où atteint Alceste, et être encore un homme vertueux et digne de considération; et, tout en ressentant de l'enthousiasme pour Alceste, on voudrait qu'il tempérât parfois l'ardeur intempestive de son zèle par une légère dose de la prudence et du flegme de son ami On lui répèterait volontiers avec celui-ci :

Mon Dieu ! des mœurs du temps mettons-nous moins en peine,
Et faisons un peu grâce à la nature humaine ;
Ne l'examinons point dans la grande rigueur,
Et voyons ses défauts avec quelque douceur.
Il faut parmi le monde une vertu traitable ;
A force de sagesse on peut être blâmable :
La parfaite raison fuit toute extrémité,
Et veut que l'on soit sage avec sobriété.
Cette grande raideur des vertus des vieux âges
Heurte trop notre siècle et les communs usages;
Elle veut aux mortels trop de perfection :
Il faut fléchir au temps, sans obstination...

En quoi ces principes de douceur et de prudence ressemblent-ils à ceux des fripons? Philinte pourrait avoir plus d'élan et de chaleur dans la vertu, assurément. Mais ce n'est pas pour cela un malhonnête homme. On sent qu'un caractère composé du savoir-vivre de Philinte et de la vertu d'Alceste serait la perfection sur terre.

Partant de la donnée hyperbolique et paradoxale de

Rousseau, Fabre d'Églantine a fait son *Philinte de Molière,*
pièce où l'on rencontre quelques grands mouvements d'éloquence et une situation belle et frappante, où l'Alceste de
Molière soutient fort bien son caractère traditionnel, et
commande plus que jamais le respect et l'admiration, mais
où son Philinte est complètement défiguré et pousse l'insen-
sibilité et l'égoïsme jusqu'à la scélératesse. A ce Philinte
qui, avec une odieuse impudence, rédige l'égoïsme en
préceptes, l'indifférence morale en théorie, nous pouvons dire
avec Alceste :

> Et je vous ai connu bien meilleur que vous n'êtes.

Par ce seul vers, Fabre d'Églantine se réfute lui-même,
et prouve la fausseté du titre de sa pièce : *Le Philinte de
Molière.* Non, son Philinte n'est pas celui de Molière ; c'est
un Philinte perverti et dégradé, auquel Molière n'avait pu
songer. Dans la comédie de Fabre d'Églantine, le Philinte
de Molière a changé comme son style. Il y a encore de la
vigueur dans la diction de Fabre. Mais où sont la netteté,
la facilité, l'élégance, la rapidité, que Molière sait ajouter au
tour mâle et fier de sa langue ?

Revenons *au Misanthrope,* et signalons-en rapidement les
plus frappantes beautés.

Dès l'ouverture de la pièce, les deux principaux caractères sont en action. Le Misanthrope se dessine parfaitement
lui-même dans les énergiques reproches dont il accable
Philinte qui vient de prodiguer les démonstrations d'estime
et d'amitié à un homme qu'il connaît à peine. Philinte, en
effet, est allé trop loin. La politesse n'exige pas tant d'effu-
sion. Il y a donc de la raison, comme de l'éloquence, dans
les invectives du Misanthrope ; mais il passe aussi les bornes,
et il ne faut pas déployer contre des civilités un peu trop

fortes, contre les mensonges banals de la politesse, la même indignation que contre une perfidie et une trahison.

Alceste est parfaitement annoncé sous son double aspect; et quelle langue que celle qu'il parle! Combien elle a de nerf et de précision, de solidité et d'éclat, de vigueur et de feu!

La ferme résolution d'Alceste de ne pas visiter ses juges, et de ne laisser solliciter pour lui que *la raison, son bon droit, l'équité,* est noble et veut qu'on l'admire. On aime à le voir dédaigner la brigue, et ne compter que sur la justice de sa cause; on applaudit à cette grandeur de sentiments et de caractère. On sourit, en même temps, sans le respecter moins, de ces saillies d'humeur qui l'emportent trop loin et lui font exagérer un principe vrai.

L'exposition de la pièce est complète dès la première scène; nous connaissons le caractère d'Alceste : cette haine instinctive pour le mal, aigrie par le spectacle de la méchanceté et de la corruption humaines; cette colère contre les vices du siècle, redoublée par le flegme raisonneur et la calme sagesse de Philinte; cette noble indignation contre le mensonge, étendue à de trop minces objets; en un mot, une vertu sublime, mais intraitable et farouche. L'amour du Misanthrope pour Célimène, amour qui semble démentir

> .... cette rectitude
> *Qu'Alceste veut* en tout avec exactitude,

est naturellement amené dans la conversation, parfaitement caractérisé dans toutes ses nuances, et de manière à faire pressentir les excellentes scènes où cette passion est peinte en traits à la fois si profonds, si touchants et si comiques.

Enfin, ce premier acte, qui est, je l'ai dit, un chef-d'œuvre en fait d'exposition, ne se termine pas sans qu'Alceste ait eu une éclatante occasion d'appliquer sa théorie de franchise sans bornes, de sincérité entière et absolue. Vient la scène délicieuse du sonnet d'Oronte, où l'énergique et juste critique d'Alceste allait à plus d'une adresse, et vengeait pleinement les pauvres martyrs de ces rimeurs de cour

> De leurs vers fatigants lecteurs infatigables.

Ce qui rend cette scène aussi amusante que théâtrale, et en fait l'excellent comique, ce sont les ménagements qu'imposent d'abord au fougueux Alceste l'usage du monde, et une certaine pudeur, dont ne préserve aucune misanthropie, de dire en face, à un poète qui vous consulte, qu'il a fait de méchants vers. L'obstination d'Oronte à ne pas entendre, sous leur forme indirecte et adoucie, des vérités cruelles pour sa vanité d'auteur, et à fermer les yeux à la personnalité de plus en plus transparente des allusions, rendant inutiles ces tempéraments inusités, Alceste, poussé à bout par cet orgueilleux aveuglement, laisse enfin éclater son impatience, et, rentré dans son naturel de rudesse et de franc-parler, accable le poète courtisan de son inexorable censure par cette vigoureuse sortie :

> . . . .
> Vous vous êtes réglé sur de méchants modèles,
> Et vos expressions ne sont point naturelles....
> Ce style figuré dont on fait vanité,
> Sort du bon naturel et de la vérité.
> Ce n'est que jeux de mots, qu'affectation pure,
> Et ce n'est point ainsi que parle la nature.
> Le méchant goût du siècle en cela me fait peur.....

Ici, Molière donne à Alceste le bon goût qui le distinguait lui-même, en faisant ressortir par sa bouche le ridicule de ce sonnet, écrit dans le style des petits vers qui faisaient alors des réputations aux Cotin, aux poètes des salons et des ruelles. Il traduit au tribunal de la comédie cette affectation qui dénaturait à la fois l'esprit et le sentiment, ces locutions alambiquées et subtiles qui énonçaient laborieusement les choses les plus simples, ces pointes, ces métaphores, ces périphrases, ces langoureuses fadeurs, en un mot, toute cette sentimentalité raffinée, tout ce phébus qui étaient encore en faveur dans la littérature et dans la société. Molière, qui ne savait pas cajoler les erreurs ou le mauvais goût du public, lui infligea adroitement une partie du ridicule dont il bafouait Oronte. Retrouvant dans le sonnet d'Oronte le puéril appareil de jeux de mots et d'antithèses, le galimatias sentimental et les coquettes inepties qui avaient cours dans le grand monde, et qu'ils admiraient chez plusieurs des poètes à la mode, voyant d'ailleurs le sonnet approuvé par Philinte, l'homme modéré de la pièce, et le prenant encore ici pour l'interprète de la pensée de l'auteur, les spectateurs se pâmèrent d'aise et applaudirent avec transports à la bluette du bel-esprit courtisan. Mais, sans plus de ménagements pour le public que pour Philinte, et avec une vigueur et une netteté de critique où la véritable pensée du poète se faisait voir en toute évidence, Alceste signale le ridicule et de l'œuvre et de l'engouement qu'elle excite. Le public s'aperçoit qu'il a été pris au piége, et que, pour mieux l'instruire, le poète lui a fait subir une éclatante mystification. Honteux d'avoir été pris en flagrant délit d'afféterie et d'approbation pour des *sottises,*

> Pour ces colifichets dont le bon sens murmure,

il en garda quelque rancune au chef-d'œuvre ; il bouda un peu la plus sublime comédie qui ait honoré l'esprit humain. Mais la leçon avait été donnée, et cette scène ne fut pas moins funeste au faux goût que les meilleures satires de Boileau, dont Molière fut le précurseur et l'auxiliaire dans l'art de frapper un jargon prétentieux d'un ridicule toujours mortel en France, et de restaurer, par la satire, la simplicité et la franchise de la langue. Il était dit que Molière donnerait à la fois toutes les sortes d'enseignements.

Tel est ce premier acte *du Misanthrope,* où les personnages principaux sont posés ou annoncés avec tant de vigueur et de finesse, et qui justifierait seul le mot de Voltaire : « Corneille a fondé chez nous une école de grandeur d'âme, » et Molière, une école de vie civile. » On reconnaît le scrutateur fidèle et profond de la nature humaine, sachant par cœur l'homme de tous les temps et la société du sien.

Cette science approfondie du monde et des hommes, ce don de les dessiner dans des peintures si achevées que, quand il a donné son coup de pinceau, il est impossible d'aller au-delà, sont à leur plus haut point de perfection et d'attrait dans la fameuse scène du second acte, où Célimène, entourée d'adulateurs, grands seigneurs et beaux-esprits, passe avec eux en revue tous les originaux du beau monde, et lance à chacun une mordante épigramme. Rien de plus fin, de plus ingénieux, de plus méchant que ces portraits, dont la malignité contemporaine crut reconnaître et pouvoir nommer les originaux. C'est ce talent satirique dont Molière avait déjà fait preuve dans les *Fâcheux.* C'est aussi cet art parfait, et dont il a donné le modèle, de tourner en scènes les conversations du monde. Toute la physionomie d'un monde élégant, léger et railleur se retrouve dans cette esquisse brillante et fidèle. C'est la langue spirituelle des salons, avec ses grâces malicieuses. Célimène déploie dans ces peintures de ridicules et de mœurs, dans les fines nuances et les contrastes piquants de ces portraits, tout l'esprit vif et charmant dont l'a si richement dotée Molière. C'est la souveraine applaudie d'un cercle dont la médisance fait le passe-temps, et où triomphent son caustique enjouement, son sarcasme acéré, sa raillerie incisive; où elle étincelle de verve maligne, et décoche avec aisance ses flèches aussi aiguës que légères.

Pendant ces éblouissantes médisances, Alceste a gardé seul le silence : il a considéré avec une morne attention ce spectacle de la méchanceté humaine et des fausses amitiés du grand monde. Tout à coup son indignation éclate sous la forme d'une amère et poignante ironie :

> Allons, ferme, poussez, mes bons amis de cour,
> Vous n'en épargnez point, et chacun a son tour :
> Cependant aucun d'eux à vos yeux ne se montre,
> Qu'on ne vous voie, en hâte, aller à sa rencontre,
> Lui présenter la main, et d'un baiser flatteur
> Appuyer les serments d'être son serviteur.

Jamais la probité indignée n'a fait entendre sur la scène de plus nobles, de plus énergiques accents. Les coupables courbent la tête sous la réprobation du sublime railleur. En vain, dans l'espoir d'embarrasser Alceste, si étrangement épris de Célimène, l'un d'eux lui répond-il que c'est à elle qu'*il faut que le reproche s'adresse;* Alceste le foudroie de cette réplique, pleine encore de l'éloquence de la sincérité et de la vertu :

> Non, morbleu! c'est à vous; et vos ris complaisants
> Tirent de son esprit tous ces traits médisants.
> Son humeur satirique est sans cesse nourrie
> Par le coupable encens de votre flatterie:
> Et son cœur à railler trouverait moins d'appas,
> S'il avait observé qu'on ne l'applaudît pas.
> C'est ainsi qu'aux flatteurs on doit partout se prendre
> Des vices où l'on voit les humains se répandre.

Cette scène, si amusante d'abord, si éloquente ensuite, a encore un autre titre à notre curiosité. Molière y insère un morceau de la traduction libre qu'il avait faite du poème de Lucrèce, et c'est le seul débris qui nous reste de cet essai.

Ce passage devient, dans la pièce, une remarque faite par Éliante, à propos du reproche adressé par Célimène au Misanthrope, sur l'étrange manière d'aimer dont il se pique, et qui consiste

A bien injurier les personnes qu'on aime.

L'amour, pour l'ordinaire, est peu fait à ces lois,
Et l'on voit les amants vanter toujours leur choix.
Jamais leur passion n'y voit rien de blâmable,
Et dans l'objet aimé tout leur devient aimable ;
Ils comptent les défauts pour des perfections,
Et savent y donner de favorables noms :
La pâle est aux jasmins en blancheur comparable ;
La noire à faire peur, une brune adorable ;
La maigre a de la taille et de la liberté ;
La grasse est dans son port pleine de majesté ;
La malpropre sur soi, de peu d'attraits chargée,
Est mise sous le nom de beauté négligée ;
La géante paraît une déesse aux yeux ;
La naine un abrégé des merveilles des cieux ;
L'orgueilleuse a le cœur digne d'une couronne ;
La fourbe a de l'esprit ; la sotte est toute bonne ;
La trop grande parleuse est d'agréable humeur ;
Et la muette garde une honnête pudeur.
C'est ainsi qu'un amant, dont l'amour est extrême,
Aime jusqu'aux défauts des personnes qu'il aime.

C'est l'imitation heureuse, et parfois le développement ingénieux de treize vers du quatrième livre du poème *De Rerum Naturâ*. Molière y traduit, avec une grâce enjouée et une naïveté piquante, la verve toute vive et la spirituelle concision du vieux poète latin.

Il faudrait citer encore, comme modèle d'observation et de vérité dans la gaieté, les rôles des deux petits marquis, Acaste et Clitandre, qui viennent pirouetter autour de Célimène, et dont la divertissante fatuité sera si cruellement punie au dénouement par la découverte du portrait, moins

charitable que fidèle, qu'elle a tracé de chacun d'eux
Signalons aussi les traits fins et profonds dont les antipa-
thies et les rivalités de femmes sont peintes, dans la querelle
doucereuse de la prude Arsinoé et de la coquette Célimène,
et dans les impertinences polies qu'elles échangent.

Il ne faut abuser de rien, pas même de l'admiration.
N'entrons pas plus avant dans le détail infini des beautés de
ce chef-d'œuvre qui doit vivre autant que notre langue, parce
que le style en est parfait et réunit tous les tons, parce que
le comique en est à la fois anecdotique et durable, selon les
mœurs d'une époque et selon le cœur humain. Molière peint
l'homme tel qu'il a été, tel qu'il est, tel qu'il sera toujours,
et ses comédies sont en même temps le miroir fidèle de la
société contemporaine, et suffiraient pour la faire connaître
si l'on en avait perdu l'histoire.

Le dénouement, fort bien amené, est un vrai coup de
théâtre. Célimène, convaincue d'avoir bercé d'un faux espoir
chacun des seigneurs qui prétendaient à sa main, et d'avoir
auprès de chacun d'eux ridiculisé et décrié tous les autres,
Célimène, confondue et abandonnée successivement, avec
des termes de dérision et de mépris, par tous ceux qui
l'encensaient et composaient sa cour, ne trouve d'indulgence
que chez Alceste, jusque-là censeur sévère de ses défauts,
mais dont la bonté naturelle égale la vertu, et qui ne l'aban-
donne à elle-même qu'après s'être convaincu qu'il ne pourra
l'élever jusqu'à lui, et qu'elle est incorrigible dans sa légèreté
et dans sa coquetterie. On admire ce rare esprit, ce grand
cœur, ce généreux caractère; on respecte, presque à l'égal
d'une vertu, cet amour si pur dans son ardeur, si noble dans
son langage, et où la candeur des illusions n'a d'égale que
l'amertume du désenchantement et la dignité de la rupture.
On sent tout ce qu'Alceste cache de sensibilité et de tendresse sous des dehors de rudesse et de brusquerie. On

comprend que ses véhémentes invectives ne sont que l'hyperbole de la vérité en colère; que sa misanthropie s'exerce moins contre les hommes que contre les trahisons et les fourberies de la vie sociale; qu'en faisant profession de haïr les hommes, Alceste est au fond inconsolable de n'avoir pas à les aimer sincères et vertueux.

C'est dans le chagrin d'un tel mécompte, que, déchiré, navré, refoulant au fond de lui ses sanglots, et n'espérant plus des jours meilleurs, il s'écrie :

> Je vais sortir d'un gouffre où triomphent les vices,
> Et chercher sur la terre un endroit écarté,
> Où d'être homme d'honneur on ait la liberté.

Au désert! cri de détresse poussé de tout temps par de fervents et candides adorateurs d'un idéal de pureté, de vérité et de justice, toujours plus ou moins faussé sur la terre, et dont ils cherchent un règne imaginaire à l'aurore de la vie humaine, au fond de la forêt primitive!

Par cette fuite au désert, Alceste se montre jusqu'au bout fidèle à son caractère; et ce parti extrême, qu'il prend à la fin de la pièce, est un trait de vérité qui achève le tableau et complète le rôle. Le sublime rêveur est toujours dans l'excès, et oublie que la vertu n'a jamais le droit de désespérer de l'efficacité de ses exemples.

La première représentation *du Misanthrope* (4 juin 1666), semble couper en deux, par une date mémorable, cette carrière de quinze années, où Molière a mis par des chefs-d'œuvre l'empreinte de ses pas, où il a rempli de créations les heures qu'il disputait à la maladie et à la souffrance. Elle en marque le milieu et le point culminant, par la plus parfaite de *ses doctes peintures,* par le plus beau monument peut-être que le génie de la comédie ait élevé à la vérité et au bon sens. A la justesse et à la profondeur de l'observation, à la force et à la fidélité du pinceau, à la hauteur et à la finesse du sens, à la délicatesse et à l'atticisme de l'esprit, Molière, dans cette étonnante production, unit le fini d'un style, aussi précis que mâle, formé d'expressions heureuses, originales, pittoresques, et une entente du mécanisme et de l'harmonie de la versification, que l'admiration continue où nous tient le génie du poète et de l'écrivain nous laisse à peine le temps de reconnaître. Il offre le plus frappant exemple de l'encadrement de la pensée dans les limites étroites du vers qu'elle remplit exactement; il n'emploie, pour les plus sensés et les plus spirituels de tous les vers, que des rimes naturelles, faciles et riches. Dans cette œuvre, en un mot, qui constitue un des titres immortels d'une époque si fertile en grands hommes et en merveilles, Molière se maintient constamment au faîte de son art et à la hauteur de son génie.

Homme prodigieux doué du privilége d'exceller, avec une égale supériorité, dans tous les genres possibles de la comédie, et de parcourir tous les degrés imaginables de l'échelle comique; modèle de cet art qui n'est qu'à lui de passer des chefs-d'œuvre qui provoquent les plus sérieuses et les plus fécondes réflexions, aux plus délicieuses bouffonneries, à des farces dont les facéties ont encore leur sens et leur moralité, et où la raison trouve encore son compte, au milieu de cette ardente activité d'esprit et de verve Aristophanesque, qui avait animé les échappées sans fin de Rabelais!

Molière est en même temps le poète aux grands monuments littéraires, aux œuvres polies et irréprochables, joignant le soin exquis des détails à la disposition achevée de l'ensemble, le poète du grand goût et de l'élégance correcte du XVII⁰ siècle, et le poète de la cour et de la multitude, le poète de la circonstance et du moment, l'exécuteur soudain de tant d'œuvres brusquement demandées et improvisées.

avec génie, capable à la fois de provoquer un fou rire, et de parer les divertissements royaux de toutes les grâces qu'ils comportaient.

Obligé parfois de descendre des sublimes régions où il s'était élevé par ses seules forces et par son propre essor, pour reposer un peu le public de la gravité et de la grandeur de ses enseignements, pour satisfaire un peu à ce besoin que notre pauvre humanité a quelquefois de rire pour rire, et qu'éprouvent les hommes même les plus raisonnables et les plus sensibles, il a su, la plupart du temps, ennoblir la farce elle-même par des traits d'excellent comique, et racheter, par le sens élevé et fin de son badinage, ses sacrifices momentanés à la jovialité populaire. On sait ce que Molière sait cacher de sagacité pénétrante sous cette apparente débauche d'esprit, sous cette intempérance de gaieté. Au milieu même de cette pure fantaisie du rire, la comédie de mœurs et de caractère perce toujours par quelque endroit. Ce délire du grand poète est encore instructif. On admire ce qu'il y a de sage dans cette ivresse, d'adorable dans cette folie; on s'étonne de cette foule de sentiments, d'idées, de vues, d'aperçus de tout genre, qui se pressent sous sa plume, même dans ses compositions les plus folâtres; on est charmé de ce piquant et utile mélange de burlesque et de bon sens, et, appliquant à Molière, avec une légère variante, un de ses mots les plus heureux, on s'écrie : Où la sagesse va-t-elle se nicher? Boileau, tout en généralisant trop sa censure, a eu raison, sans doute, de renvoyer aux tréteaux des bateleurs un jeu de scène qui rappelle un peu trop la bouffonnerie triviale et enfarinée de la farce italienne :

> Dans le sac ridicule où Scapin s'enveloppe,
> Je ne reconnais plus l'auteur du Misanthrope.

Mais il est juste de convenir que, loin de donner d'habitude dans l'extravagante trivialité et dans les plates facéties qu'il avait trouvées en possession de la scène, Molière, même dans ses plus joyeux impromptus, a eu souvent le mérite d'apprendre à la comédie à se dérider sans s'avilir, à folâtrer sans oublier complètement sa mission réformatrice. Jean-Baptiste Rousseau pensait à notre grand comique, quand il a dit avec esprit et avec sens :

> Aristophane aussi bien que Ménandre
> Charmait les Grecs assemblés pour l'entendre,
> Et Raphël peignit, sans déroger,
> Plus d'une fois maint grotesque léger.
> Ce n'est point là flétrir ses premiers rôles ;
> C'est de l'esprit embrasser les deux pôles ;
> Par deux chemins, c'est tendre au même but,
> Et s'illustrer par un double attribut.

L'auteur de l'*Iliade* a pu, sans déroger, sans abdiquer sa royauté épique, faire *le Margitès ;* et, dans les farces de Molière, dans ces caricatures plaisantes, originales, où l'imitation de la vie réelle, la vérité de la nature, la justesse du trait, se laissent voir si souvent sous l'exagération bouffonne, sous le pétulant abandon du jeu et des saillies,

> *On reconnaît encor* l'auteur du Misanthrope.

Ce secret de donner à la raison toutes les formes possibles du génie, est le privilége de ces hommes d'élite dont le nom résume tout un art et toute une époque.

Bordeaux, imp. G. GOUNOUILHOU, r. Guiraude, 11.